U0063743

成長大踏步 2

這個大頭蝦

新雅文化事業有限公司
www.sunya.com.hk

目錄

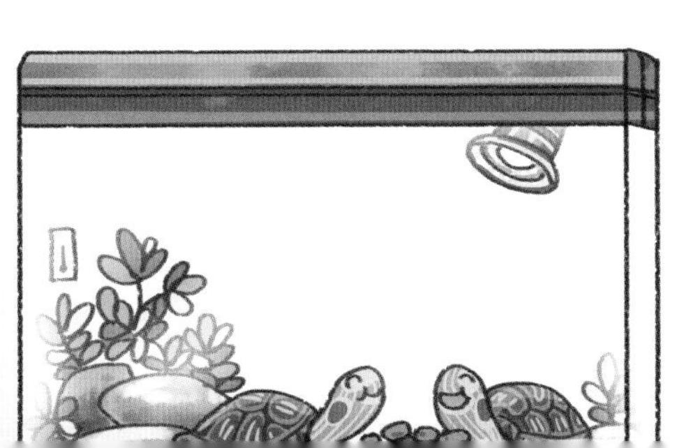

序

何巧嬋

兒童文學為孩子而寫，具有頌揚生命、追求光明、活潑、生動、有趣的特質。文學亦離不開生活，孩子的生活故事是兒童文學的一個重要組成部分。基於這個信念，我在這裏為初小同學擬寫了四個培養價值觀和態度的生活故事。希望透過生活化的故事，讓孩子從熟悉的情境中，引發共鳴，作出理性分析和判斷，體驗如何克服各種局限。

四個故事雖然各有自己獨特的故事和重點，卻都與孩子的日常生活經歷結連在一起：花名小黑的男生雖然個子高大，卻原來是一位十分怕黑的孩子，幾乎錯過了一項所有同學都雀躍萬分的活動（《小黑怕大黑》）；「大頭蝦」的孩子經常遺失物品，令家長十分煩惱，於是請來了兩隻龜老師，竟然有所突破（《這個大頭蝦》）；原本是獨生子，妹妹的誕生，產生了角色危機，引發一場離家出走的風暴（《這裏誰最大》）；一直與祖父母生活的小女孩，因為爺爺突然中風而成為了爺爺學行的小導師（《教爺爺學行路》）。

孩子的生活故事也許沒有曲折離奇的情節，但小眼睛看大世界，真實面對自己，平凡的生活中滿有生趣和智慧。希望大讀者和小讀者都喜歡這四個故事。

1 漫天彩霞

大部分人的名字都是爸爸媽媽在他們出生的時候改的，因此，**名字是父母送給孩子的第一份禮物，寄託了父母對孩子的祝福和期望。**

明智小學二年級的戴天霞，最喜歡聽媽媽説關於自己名字的故事。

媽媽懷着天霞的時候，因為身體較虛弱，醫生吩咐她要多臥牀休息。媽媽經常仰臥在牀上，不可以做任何其他活動，真是悶得發慌。幸好，房間有一面落地大窗，每天黃昏，媽媽遠眺滿天彩霞，金黃色、桃紅色、橘紅色、紫紅色……染紅了山、映紅了海，也温暖了媽媽的心窩。

有時候，當消防員的戴先生會和腹大便便的太太一起看日落，他總會撫摸着太太脹鼓鼓的肚皮，至誠地祝福快將出生的女兒：

健康平安，美麗得像漫天彩霞。

戴太太懷裏的寶寶果真是一個聽話的乖女兒，就在那一個黃昏，媽媽看過滿天彩霞後，她就呱啦呱啦

地哭着出生了。渾身粉紅的娃娃，

五官標緻，任誰見到都會讚歎：

多麼美麗的可人兒啊！

「天霞」的名字也就這樣

定下來了。

2 爸爸的小美人

植物會朝着太陽的方向生長，小朋友也會像花兒一樣，朝着祝福成長。

戴天霞不負爸爸媽媽所望，長得健康美麗。粉紅臉上一雙圓溜溜的大眼睛，潤紅色的小嘴巴，愛說愛笑。

有時候，戴先生當夜班，回家的時候小天霞已經睡覺了，他最喜歡靜靜凝視着熟睡的天霞，像欣賞一件無與倫比的精心傑作一樣，然後親親太太，心滿意足地說：

「你看，我們的女兒果然美麗得像天上的彩霞！」

如果你見到天霞的時候，不知道會不會認同爸爸媽媽對女兒的評

價。不過，我要坦白告訴大家：每一個女兒在爸媽心目中，都是天下無雙的小美人、大美人。

3 花名

日出日落，八年的時間過去了。

戴天霞這個美麗的名字卻逐漸被人遺忘了，大家叫她什麼？

「大頭蝦」[1]囉！

是的，「戴天霞」就是明智小學大名鼎鼎的「大頭蝦」！

[1] 大頭蝦：廣東俚語，形容一個人很粗心，老是丟三落四，遺失東西，也帶有一些疼惜和無奈的意思。

出世紙上的名字，自己沒有什麼決定權。花名是由朋友、同學、身邊的人改的，而且同樣地，大

家也不用徵得你的同意，就是喜歡用花名稱呼你。有時候，人們甚至說花名比正式的名字，更容易記住呢！

4 討厭的冬季

初冬是戴天霞最討厭的季節。可不是嗎，晨早上學天氣涼，媽媽總是把什麼毛衣、校褸，甚至圍巾、手套往天霞身上披。中午天氣回暖，跑跳起來，穿着單衫也熱得

冒汗，這些東西就會從天霞的身上散落到校園的每一個角落。

今天放學前，鄧主任又透過學校的中央廣播訓話：

誰是大頭蝦？校務處

現有校褸、圍巾、水壺……（下刪十數樣），遺失了東西的同學請到失物認領處領回。同學們要有責任心，時時要記住自己東西自己管好……（下刪鄧主任數百字的教導）

天霞正忙着把書本放進書包裏，沒有留意廣播的內容。鄰座的陳寶玲是天霞最要好的朋友，她們住同一個屋邨、唸同一間幼稚園、升同一間小學、用同一款式的書包、穿同一號碼的運動鞋……怪不得大家都説她們是二年級 A 班的「孖公仔」。

陳寶玲聽見鄧主任宣布失物的內容，望一望天霞，用手肘輕輕碰碰她，低聲問：

「天霞，校褸是你的嗎？」

天霞定睛想一想，摸一摸自己的上身：「咦，我的校褸呢？」

她立即站起來，往校務處跑去。背後傳來陳寶玲另一個提醒：

「大頭蝦，今天早上我看到你戴着圍巾的……」

「是嗎？」天霞不太肯定，摸一摸自己的頸項，空空如也的。

天霞急步跑到校務處，秘書張小姐看見她，用手托一托鼻樑上那副黑框眼鏡，皺着眉頭說：

「戴天霞，今天又丟了什麼東西呀？」

全校共有七百多位同學，要記住每一個人的名字，並不容易。**可是戴天霞是失物認領處的常客，幾乎天天拜訪。**

天霞聳聳肩，吐吐舌頭，指着牆上掛着的校褸和圍巾。

5 有請貴家長

鄧主任在天霞的手冊上通知媽媽，天霞今天又差點遺失校褸和圍巾了，另加溫馨提示：

「請　貴家長培養子女責任心，管好自己的物品。」

「大頭蝦」丟失的東西有時候可以尋回，但是更多時候是石沉大海，一去無蹤。

學校換季至今不到兩個月，她已丟失了一件毛外衣、兩件背心和一對手套了，還未計算上個月失去的筆袋、顏色盒和水壺。

媽媽長長的歎了一口氣，眉頭皺成一線：「唉，你這個大頭蝦，整天丟三落四，怎辦好呢？」

天霞愛媽媽，不想媽媽皺眉頭。「媽咪，對不起！」天霞眨眨大眼睛，盈盈的淚水快要掉下來了。

有人說眼淚是女孩子最厲害的武器。我不知道這樣的說法是不是正確；但是，天霞的眼淚的確可以融化爸爸的心。

「哎呀，傻女兒，不要緊，不要緊。」爸爸把天霞擁在懷裏，撫摸着女兒滑不溜手的長頭髮，安慰說：「校褸、圍巾不是找回了嘛！沒事的，沒事的。」

媽媽沒好氣地搖搖頭說：「大頭蝦呀，大頭蝦呀，幸好腦袋脫不下來，要不然恐怕有一天，也會被你失掉了。」

戴先生既是好爸爸又是好丈夫，他拍拍太太的肩膀勸說：

「想想辦法，想想辦法；慢慢教，慢慢學。」

為了不讓太太因為天霞的冒失發脾氣，更為了避免天霞受罰，多少次天霞上學忘記帶書本、功課、畫冊……都是爸爸給她補送回校的。

當然，**遠水救不得近火**，有時候勇敢的消防員爸爸也幫不上「大頭蝦」女兒的忙。

6 默書簿呢？

星期五，英文默書課，天霞本來是十分有信心，因為昨天晚上，她已經温習得爛熟。

老師請同學拿出默書簿，準備默書的時候，天霞把書包裏裏外外都翻轉了幾遍，還是不見了默書簿的蹤影。她急得手中冒汗，口中喃喃地唸着：

「默書簿呀、默書簿呀，求求你，快快出來啦！」

默書簿呀……

默書簿呀……

書簿呀……

媽媽去了菜市場，爸爸上班了，默書簿冷冷地躺在天霞睡房的書桌上，它可沒有腿呀，不能自己跑回學校去。

最後，天霞垂頭喪氣，舉手向林老師報告：

「老師，對不起！我……我……忘記帶默書簿。」

「唉！你這『大頭蝦』！」林老師搖搖頭，長長的歎了一聲。

同樣的事情在這個學期已經發生了三次。

林老師給天霞一張白紙：「就默寫在這裏吧。」

對於同學忘記帶默書簿，林老師早已定出規矩：

「第一次，姑念初犯，口頭警告了事，再犯的話，以十分為單位，累積扣分。」

這一次默書，天霞被扣去四十分，只得五十分，**不合格了！**

7 媽媽的憂心

回到家裏，天霞怯生生地拿出默書紙，請媽媽簽名。

「什麼？明明是九十分的好成績，卻變成五十分不合格！」媽媽跌坐在沙發上，氣得面色發白。

「媽咪，對不起！」天霞咬着下唇，雙腳交疊，渾身不安地站立，她不想媽媽生氣呀！天霞眨眨大眼睛，兩串晶瑩的淚水掛在臉上。

「哎呀，傻女兒，小事而已。」爸爸把哭泣的女兒擁在懷裏，撫掃着她一起一伏的背：「下次記得上學前執拾好書包就是了。」

「唉！你這大頭蝦，再這樣下去，

就算默得全對，也要捧光蛋了。」

快要考試了，怎教媽媽不憂心。

戴先生既是好爸爸又是好丈夫，他扮個鬼臉，故作輕鬆地說：

「不是說，求學不是為了求分數嗎？」

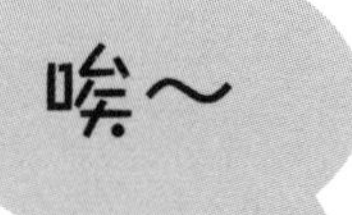

「唉！」媽媽用手拍拍額頭，好叫自己冷靜下來。

戴先生輕聲在太太耳邊安慰：

「想想辦法，想想辦法；慢慢教，慢慢學。」

男人大丈夫，言出必行。為了讓女兒除掉「大頭蝦」的污名，天霞爸爸想出了一個好辦法。

8 爸爸的好辦法

鄧主任在手冊上寫着：「請貴家長培養子女責任心，管好自己的物品。」

身為家長的戴先生苦心研究一番，發現不少專家都說：

飼養寵物能夠培養孩子的責任心。寵物不論吃飯、清潔、玩耍都是要花時間照顧。讓孩子自己照顧寵物，可以培養他們的責任感，學習如何讓自己心愛的寵物生活得更好。天霞滿有愛心，又喜歡小動物，常常央求爸爸媽媽讓她飼養寵物。

「說不定寵物可以成為培養天霞責任心的好老師。」戴先生心裏想。

選擇什麼寵物好呢？

哈！戴先生想到了，他決定給天霞請來兩位**龜老師**。

為什麼是龜？

他們居住的屋苑禁止飼養貓狗，家裏的地方亦不大，不能飼養大型的動物。天霞只是二年級的孩子，飼養

的寵物一定要容易照顧才行呀。而且戴先生發現，**急性子的天霞總是一想到什麼，就匆匆去做**。

如果她能慢下來，可能就不會經常丟三落四了。

烏龜的特點是什麼？

「慢……慢……慢慢……慢慢……」

9「小小」和「心心」

當爸爸把兩隻巴西龜送給天霞的時候，實在叫她樂透了。天霞本來是家裏最小的，現在兩隻巴西龜比自己更小，她一下子變成了大家姐，怎能不高興！大家姐有命名權，爸爸請她送給兩隻小龜兩個好名字。天霞想了又想，想到了：

「這一隻就叫『小小』吧！」

為什麼叫「小小」？

「牠的個子較小，所以叫『小小』。」

挺有理由呀！

天霞雙手合十，對「小小」說：「『小小』要乖，多吃食物，多做運動，待你長大後，我就給你改名叫『大大』，你說好嗎？」

那一隻個子較大的呢？

天霞把牠捧起，仔細地察看：

「就叫『心心』吧！」

為什麼叫「心心」？

「爸爸，你看。」天霞指着「心心」的背：「牠的殼上有心形的斑紋。」

爸爸瞇起眼睛，左看右看，再加多一點想像力，終於看到了。

爸爸又對龜龜說：「天霞姐姐有大大的愛心，一定要小小心心照顧『小小』和『心心』。」

「天霞，你給龜龜改了兩個好名字。」爸爸豎起大拇指稱讚。

天霞雙手環繞着爸爸的頸項，在爸爸的臉上親了一下：「謝謝爸爸！」

真甜！爸爸攤坐在沙發上，他的心完全融化掉了。

10 負責任的大家姐

飼養巴西龜並不複雜，龜龜不用穿衣，不用上學，食、住和行照顧好就可以了。

小小和心心住在客廳電話几上的透明飼養膠箱裏，箱內有淺淺的清水，還有一個長形的鵝春石休息台。小龜可以慢慢地游，慢慢地爬，還可以在石上休息休息。

小小和心心吃什麼食物？

牠們吃用魚蝦製成的粒粒龜

糧，**一天餵一次**就夠了。但是如果忘記了餵養，龜龜會捱餓。

星期日，天霞正在跟陳寶玲講電話，女生的長氣電話，天南地北一說就是二、三十分鐘。

小小和心心用爪子在飼養箱爬撥，發出咔咔的聲音。

「糟糕！」天霞想起了什麼，立即對寶玲說：「收線啦！」也等不着對方的回答，她已經放下電話筒。

有什麼重大事件？她忘記餵龜！

看着小小和心心爭相吞吃龜糧，天霞感到一陣內疚。

她輕聲對牠們說：

「對不起，真的對不起！」

「你這大頭蝦！」

天霞重重地拍自己的

頭。她記起了，自己已經三天忘記給小龜餵食了。

自己是大家姐，怎麼可以讓龜弟弟捱餓？（說不定是龜妹妹，我可不知道小小和心心的性別呀。）

天霞想出辦法來了，她在飼養箱的旁邊放了一個月曆，提醒自己每天為龜弟弟（或妹妹）餵食。餵好了，她就會在當天的日子上畫一顆小星星。天霞為每一個星期天畫上一片雨雲，掛着滴滴答答的小雨點，是為龜龜洗澡和清潔飼養箱的日子。

11 謝謝龜老師

這一天晚上，戴先生下班回家。他如常輕輕打開天霞的房門，親吻一下熟睡的女兒，為她蓋好被子，再輕輕把房門關上。

「天霞今天好嗎？」他親親太太，輕聲地問。

太太豎起大拇指。

望着電話几上的月曆，整整齊齊畫滿了一顆顆小星星，他用手輕輕搭着太太的肩膀，對飼養箱裏的小小和心心說：

「謝謝龜老師。」

12 媽媽也有好辦法

為了解決天霞經常遺失物品的問題，媽媽也想出一個好辦法。她買來一批貼紙，寫上了「小二A戴天霞」，請天霞貼在自己的物品上。衣服不能貼貼紙，媽媽就買來布條，寫上了「小二A戴天霞」，

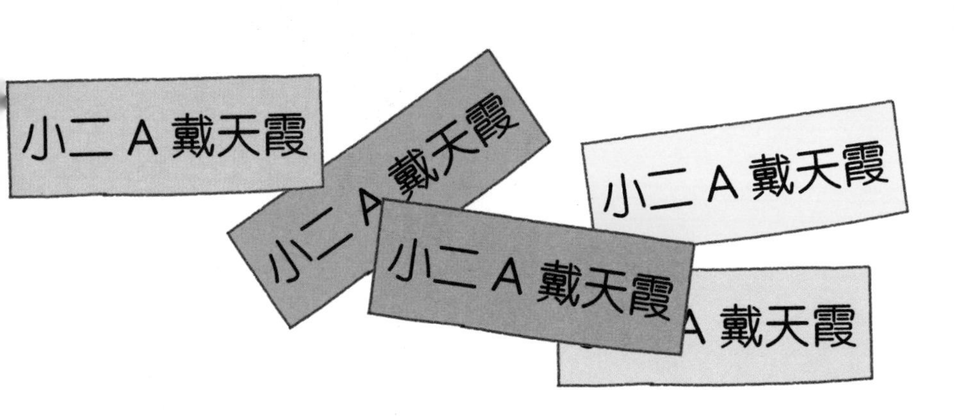

縫在天霞每一件衣物的內裏。天霞最容易遺失外套，外套內裏布條上「小二A戴天霞」的字樣，特別加大，**三尺外都能清楚看見**。

望着一件件寫着「小二A戴天霞」名字的物品，天霞實在感到有點別扭。她扁着嘴向媽媽提出抗議：

「怪難看呢！幼稚園生才會在自己的東西上貼名字。」

媽媽拿出一張這兩個月天霞的失物清單唸着：

外套、圍巾、手套、水壺、筆袋……

最後，「**抗議不獲接受！**」媽媽堅決地宣布：「這項措施，一直實行至你**再沒有遺失東西**為止。」

雖然天霞千萬個不願意，但是媽媽這個方法還是**挺有效**的。天霞去校務處認領失物的次數大大減少，因為當同學撿到天霞的東西，看見物品上的名字，就會物歸原主，用不着送到校務處去了。

13 連跑帶跳趕回家

這一天，天霞上完校外舞蹈活動課，肚子餓了，她匆匆地跑回家。

奇怪，路上的行人都向天霞投以特別的眼光，有的還跟她打招呼：

「嗨，小二A戴天霞。」

天霞搔搔頭，左思右想，都記不起他們是誰。為什麼他們都知道自己的名字？

天霞心裏有點發麻，連跑帶跳，趕忙回家。

媽媽打開大門，看見天霞一臉驚慌，急忙問：

「天霞，發生了什麼事？」

「媽咪，太……太……太詭異了，街上……街上的……陌生人竟然都知道我的名字，還知道……知道我讀……讀二年級A班。」天霞上氣不接下氣地報告。

媽媽看一看天霞身上的外套，不禁哈哈大笑起來：

「大頭蝦呀，你為什麼把外套反轉了穿？」

想到剛才街上人人都看見外套內裏上寫着斗大的字：「小二A戴天霞」，天霞**漲紅了臉**，好不尷尬。

爸爸拍拍天霞的肩膀：「反轉穿衣，小意思。**下次慢慢穿**，看清楚慢慢穿就不會弄錯。」

天霞使勁地點頭，她才不希望整個屋邨的人都知道自己是「小二A戴天霞」！

14 天大的好消息

放學了，天霞急急背上書包，蹦蹦跳跳趕回家，她今天太開心了。

「叮噹、叮噹、叮噹、叮噹……」

家裏的大門一打開，天霞已經急不及待，立正，神氣地向爸爸媽媽報告：

「今天，我有**兩個天大的好消息**要宣布。」

春風滿面的天霞，張開雙手，比喻兩個大好的消息。

「第一個好消息，鄧主任給我頒發了**進步獎**。」

那一方面有大進步呀？

「我已經有兩個月不用到校務處領回失物了！」

噢，真是天大的進步呀！

爸爸媽媽大力鼓掌，小小和心心也聽到了，牠倆用爪子在飼養箱

內爬撥，咔咔、咔咔地和應。

「媽咪，你看！」天霞信心十足地向媽媽點算着自己身上的衣服：「校褸、毛衣、圍巾全部完好，全部齊全，沒有遺失呀。」

然後，天霞眨眨烏溜溜的大眼睛，繼續神氣地宣布：

「第二個好消息，今天英文默書，有帶默書簿……」

啐，這有什麼特別？每個學生都應該帶齊書簿上學啦。

「我默書全對，一百分！」

默書全對，一百分！真的不容易呀！

爸爸、媽媽、小小和心心又大力地鼓起掌來。

掌聲中，天霞打開書包，要把鄧主任頒發的獎狀和那難得的一百分，向大家展示、展示。

可是……可是……

天霞臉上一陣紅一陣白，吞

吞吐吐地說：

「唔……唔……真……真不好意思！」

天霞，發生了什麼事？

「我……我……拿錯了……拿錯了陳寶玲的書包回來。」

最後這一句，聲音輕得幾乎連天霞自己也聽不見。

好爸爸就是好爸爸，他立即接過天霞手上的書包說：「小意思，我立即給陳寶玲送回書包去。」

媽媽卻氣得跳了起來，還是那一句：

「哎呀，你這**大頭蝦**！」

「嘻嘻，嘻嘻。」天霞不好意思地搔搔頭，找個話題，轉移視線：

「我……**我記起了**，今天未餵小小和心心。」她對媽媽說。

15 慢慢學習，慢慢成長

天霞把一湯匙的龜糧放進飼養箱內，粒粒龜糧飄浮在水面，小小和心心從殼裏伸出頭來，慢慢地游，慢慢地吃。

無論天霞發生了什麼烏龍事，牠們都不會責罵，不會取笑。

天霞默默地看着龜弟弟（或妹妹），**不慌不忙，悠然自得**，慢慢地游，慢慢地吃，她的心安頓下來了。

「不急，不急；慢慢學習，慢慢成長。」

小小和心心向天霞姐姐說。

給家長和老師的話

何巧嬋

在現今科技發達的社會裏，孩子比他們的父祖輩更容易獲得知識，但孩子遇到的挑戰也比上一代更為激烈。因此，培育孩子正確的價值觀和態度，才是最重要的。可是，品德情意教育不像語文、數學和自然科學等科目，有具體的內容。怎樣將看似虛空，卻又重要的品德教育變得具體化呢？

香港教育局在 2008 年定立了小學階段德育及公民教育課程架構，列出了如下七個主要的內容：

一、堅毅

一顆堅毅的心，能幫助孩子面對壓力、困難和挫折，將失敗和跌倒轉化為成長的養分。

二、尊重他人

小朋友要學習看別人和自己同等重要，接納別人和自己不同之處，學會尊重和包容。

三、責任感

孩子需要肩負起自己力所能當的責任，從獨立自助開始，擴展至關心他人，幫助他人。

四、國民身分認同

正確的身分認同，對家庭、學校、社會、國家等建立歸屬感和認同感，正是自我肯定、建立自信和責任感的基礎。

五、承擔精神

勇於承認錯誤，從過失中，重新站立起來，積極改善，就是承擔精神的表現。

六、誠信

對自己答應的事情應全力以赴，信守諾言，言行一致。

七、關愛

關愛是一種推己及人的情懷，這一份情懷從更廣闊的角度來說，不但是及人，更可以及眾生（愛護動物），及物（節約能源，保護環境）。

品德情意的建立不是一日可成、一蹴即就的事，無論是成人或小孩品德情意的建立和累積，只有開始，沒有終結。四個故事都是採取意猶未盡的開放式結局，讓家長、老師、同學……可以繼續思考，延伸討論。讀者將他人的故事進行思考、猜想、作出自己的判斷，正正是品德情意教育中重要的內化過程。開放式的結局是引子，思考和討論的過程才是最珍貴的。

成長大踏步 ②

這個大頭蝦

作　　者：何巧嬋
插　　圖：ruru lo cheung
責任編輯：陳志倩
美術設計：李成宇
出　　版：新雅文化事業有限公司
香港英皇道 499 號北角工業大廈 18 樓
電話：(852) 2138 7998
傳真：(852) 2597 4003
網址：http://www.sunya.com.hk
電郵：marketing@sunya.com.hk
發　　行：香港聯合書刊物流有限公司
香港新界大埔汀麗路 36 號中華商務印刷大廈 3 字樓
電話：(852) 2150 2100
傳真：(852) 2407 3062
電郵：info@suplogistics.com.hk
印　　刷：中華商務彩色印刷有限公司
香港新界大埔汀麗路 36 號
版　　次：二〇一八年五月初版
二〇二〇年七月第二次印刷
版權所有・不准翻印

ISBN: 978-962-08-7026-2
© 2018 Sun Ya Publications (HK) Ltd.
18/F, North Point Industrial Building, 499 King's Road, Hong Kong
Published in Hong Kong
Printed in China